# 裸木のように

大瀧　満詩集

Otaki Mitsuru

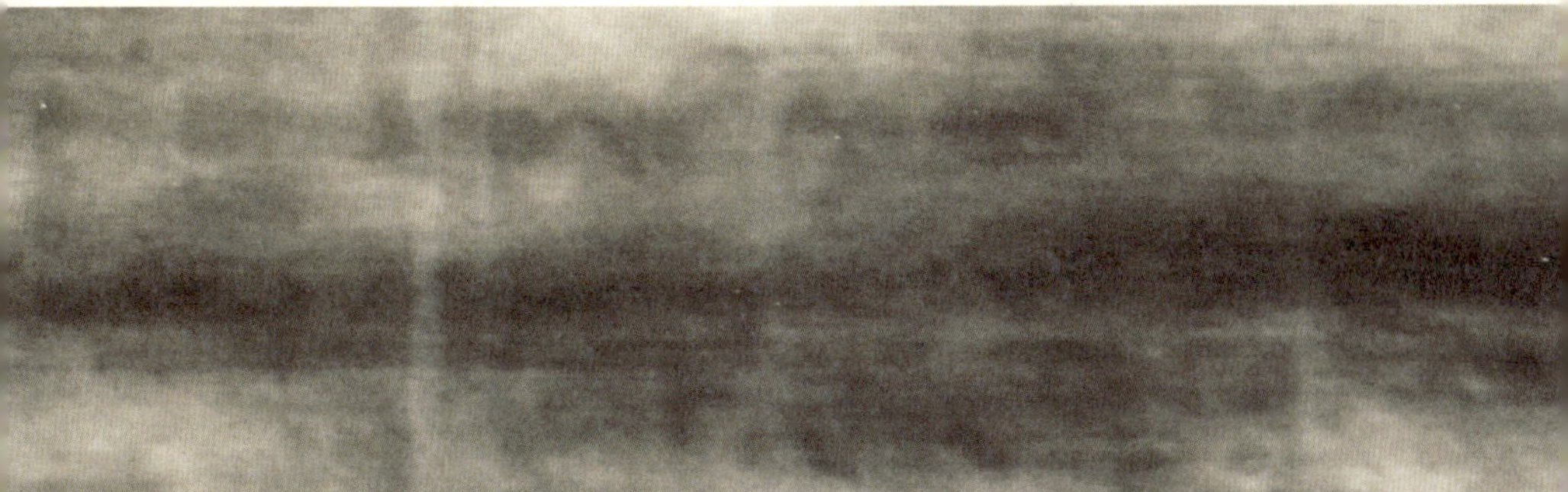

この
めまぐるしく
はげしい時の流れのなかで
たとえ失うものが
多かろうとも
おまえは凛として
まっすぐに歌うがいい
いのちの愛《いと》しさを
はかなくも生きてきた
あついこころを
おまえは手放しで
せつせつと歌うがいい
あの遠く澄みきった
あおい空の下で

大瀧　満詩集

# 裸木のように

目次

序詩　1

## I

朝　10
儀式　12
仙境　14
我家　16
ふるさと　18
男の子守唄　20
煙草《けむり》よ　22
誰かいないか　24
手　26
爪よ　28
椅子　30
靴　31
酔漢　32
愚問　33
雪はふる　34
顔　36
世相　38
ひとり旅　42

## II

愛について　46
テネシーワルツ　48
桜の木の下で　50
万年筆　52
おまえに　54
言葉　56
手袋　58
妹　60
ブランコ　62
ときめき　64

Ⅲ


桜 68　椿 70　たんぽぽ 72　夏のはじめに 74
鬼百合のうた 76　初秋 78　落葉 80　竹 82
＊
鷲 86　ぬけがら 88　巣立ち 90　蝦蟇《がま》 92
犬よ 94　発情期 96　鯉のぼり 98　蚊 100


Ⅳ


死の準備 104　死ぬときは 106　死亡欄 108
ばあさま 110　死顔 112　俺は見た 114　斎場ニテ 116
アガメムノン 118　ボケの唄 120　遺言 122
あとがき 126

# 裸木のように

# I

# 朝

かすかに叫びながら
はるか水平の向こうから
まんまんと
新しい朝が押し寄せてくる

ぐんぐんぐんぐん
ピカピカに光った朝が
どっと心の中にみちあふれ
はちきれそうな

めくるめくような
こうして生きていることが
なぜかしら
泣きたくなってくるような朝

そんなピカピカと光った朝が
年老いていく瞼から
こぼれ落ちてくる日もあるのだ
自分をはげまし
ゆっくり起き上がろうとするときに

# 儀式

夕空を引き裂くように
ひときわ高く鳴き切って
竹林の奥の方へ消えていった蜩《ひぐらし》よ

おまえはたぶん
葉叢の翳に身をひそめて
しっとりと夜露にぬれながら
短い一生を了えていくのであろう

その透きとおった
美しい縞模様の羽をふるわせて
おまえが消えていった夕空の下で
私はいつものように
一合の桝にきっちりと酒をそそぐのだ

今日という一日の
生と死に向かって
ささやかな儀式でもはじめるかのように

# 仙境

こんこんと
湧き出る野天風呂に
どっぷりひたっていると
あれもこれも　なぜか
遠い過去のように思われてくる
ああ　この雄大な
天然のきわみから見上げる空は
なんと深く澄みわたっていることか
ごつごつとした岩肌から

あふれあふれて
もうもうと立ちのぼっていく湯煙よ

（わたしはなにものぞむまい）
（人をうらやんだりもすまい）

ここまで
背負ってきた哀しみは
きれいさっぱりと洗いおとし
このこころよい陶酔に
しばらくは瞼をとじていよう

# 我家

急な坂道を
くねくね下っていくと
まばらな雑木林の中に
外燈がぽつんと灯っている

だんだん近づくにつれ
その外燈の輪郭のなかに
古ぼけた建物が
くっきりと見えてくる

躙口《にじりぐち》のある平家には
誰も住んでいないかのようで
陰うつで、頑なで
何者をも拒絶しているかのようだ

玄関のベルを押せども
何の応答も気配もない
君、表札をよく見たまえ
ここはひとり暮らしのおまえの家だ

＊躙口　茶室に入る狭い出入口

# ふるさと

わたしは何ものぞむまい
この美しい里山があるから
わたしは何ものぞむまい
きれいな小川が流れているから
わたしは何ものぞむまい
小さな畑と栗と柿の木があるから

わたしは何ものぞむまい
野鳥や虫たちの仲間がいるから
わたしは何ものぞむまい
ひとはやっぱりひとりだから

ああ　そして

わたしは何ものぞむまい
ここが終《つい》のふるさとだから

# 男の子守唄

♪ねんねんころりよ　おころりよ
ぼうやはよい子だ　ねんねしな

ぐうぜんテレビから流れてくる
少女たちの澄みきった子守唄を
男は聞くともなく聴いていた

ぼうやのお守りは　どこへ行った
あの山こえて　里へ行った

病後一合と決めている晩酌を
男はおもむろに飲みながら
何かを噛みしめるように聴いていた

里のみやげに　何もろうた
でんでん太鼓に　笙の笛

男は祖母の背中をおもいだし
わけもなく泣きだしたいのを
じっとこらえながら聴いていた

＊♪「江戸子守唄」　文化文政時代の頃から流行《はや》って各地に伝えられ、日本の子守唄のルーツになったといわれている。

# 煙草《けむり》よ

けむりよ
おまえとは五十余年にわたり
一日も欠かさずつきあってきたが
ときにははげしく
おまえを求めたことさえあったが
このへんでおまえとも
きっぱり別れなければならんのだ
と言うのは
急性心筋梗塞の疑いがあり
医者はおまえと絶交しなければ
いのちを縮めてしまうと脅かすのだ

こんな年齢《とし》になって
おまえと別れることはとても辛いが
もう少し俺を長生きさせてくれ
ああ　愛しいけむりよ
おまえは生と死の虚無《むな》しさを
どんなに癒してくれたことか
そして　おれの心の隙間から
おまえがスーッと消えていくたびに
人間《ひと》がいかに儚い生きものであるのかを
そっと教えてくれたのもおまえだ
そのおまえとも
いつかはきっと会えるだろう
おれ自身が一筋のけむりとなって
空とおく消えていく日に……

# 誰かいないか

誰かいないか
しーんとした山里に囲まれて
おれと暮らしてみたいひとはいないか
なにもかもほうり投げて
こんなわがままな男に
ついうっかりと
だまされてみたいひとはいないか
たしかにここは
寂しいところではあるが
そして　少しばかり不便でもあるが
しかしひとよ

ここには透きとおった天然の水と空気がある
春にはうっとりと鶯がさえずり
つゆのあける頃には
ゆめまぼろしのような蛍がとび交う
ホラ、秋の夜空には
手の届きそうな月も浮かんでいる
それからここは
生と死をそっとふりかえる
ゆるやかな坂道が多いのもいい
だから　誰かいないか
むしろ不便さを求めて
野生の暮らしをしてみたいと
手放しでよろこんでくれるひとはいないか
こんなわがままな男にだまされて

# 手

その手は
しゃぼん玉の夢を
そっともてあそんだこともある

その手は
青い果実を
いたずらにもぎとったこともある

その手は

をんなのやわ肌を
いとおしく撫でまわしたこともある

その手は
うす汚れた札束を
一枚一枚かぞえたこともある

その手は
自分をだましだまし
グラスをかたむけたこともある

その手は
秋の夕ぐれのなかへ
ぼんやりとひろげたこともある

# 爪よ

少年の日に傷めた
左手の人差し指から
まっぷたつに割れたまま
じわじわとのびてくる爪よ

切っても切っても
少しずつ老いながら
青ぐろくのびてくる爪よ

おお　爪よ
おまえはおれが死んだあとでも
おれの死から逃れようとして
ひっ死にのびようとするか

切っても切っても
とりかえしのつかない悔恨のように
じりじりとのびてくる爪よ

# 椅子

おまえは知っている
どれだけの人間が落ちつきもなく
おまえに腰をおろし
どれだけの人間がおまえから
そそくさと立ち去っていったのかを

そして、椅子よ
おまえは知っている
人間がいかに愚かしくも
はかない生きものであったのかを

# 靴

そこに靴がある
泥だらけの
ボロボロの靴がある

うそ寒いベンチの上に
人生をあきらめて
そっと
ぬぎ棄てていった靴がある

# 酔漢

こんな年齢になっても
つい酔っぱらってしまうと
どこかの路地から路地を
ほっつき歩いてしまうことがあるのだ
もっとピカピカの
青春があったような気がして……

# 愚問

今さら人生とはなんぞや
などと愚かしくも問うなかれ
あの空を見よ、
——おまえはあの青い空に
何を置き忘れてきてしまったのかと。

# 雪はふる

ぼっさぼっさと雪はふる
いつやむともなく
ぼっさぼっさと雪がつもる

高く　たかく
さらにうず高く
雪はひたすら降りつもる

こんな人の世などには

なんのかかわりもなく
もうもうと降りしきる

その、あまりにも恐ろしく
あまりにも美しい雪の仕打ちに
人びとは何ひとつ身動きができない

されど、雪はおかまいなく
あらゆる世界を白一色にぬりつぶし
ぼっさぼっさと降りつもる

# 顔

――東日本大震災を悼む。（平成二十三年三月十一日）

そこに顔がある

言葉にならない顔がある
言うにいわれぬ顔がある

くやみきれない顔がある
押さえきれない顔がある

ぐっとこらえる顔がある

バクハツしそうな顔がある
死んでも死にきれない顔がある
よろよろと立ちあがる顔がある

かすかな希望の顔がある
一本松の顔がある

顔、顔、顔がある。

＊一本松　岩手県陸前高田の防風林が津波に壊滅されてしまったなかで奇跡的に一本の松が残った。現在、地域住民の心のよりどころとして大切に保存されている。

# 世相

電車に乗っている大半の乗客は
坐っている時も立っている時も
息苦しく混雑している時も
ケイタイやスマホに取り憑かれ
これがないと生きていけない
と言わんばかりに凝り固まっている。
その席を譲ってくれ、
とまでは言わないが
優先席にどっかりと陣どって

この新兵器に熱狂する
うら若い男女を見るにつけ
近未来は何処へ突っ走っていくのかと
背筋がぞくぞくしてしまうのだ。
もはや、読書する者も肩身がせまく
新聞などをのんびり広げていたのは
いつの時代の頃であったろうか。
ボタンひとつで
あらゆる情報が世界をかけめぐり
利便と金銭のみが跋扈する
この寒々としたあさましい世相よ。
見よ、この車中の
心と心が遮断され
どんよりと澱んだ無機質の光景を。

だが、こんな世相に誰がした
とケチをつけてもはじまるまい。
人類は限りなく進化し
人類は限りなく滅亡していくのだから。

# ひとり旅

ふと風にさそわれて
あてもない旅に出る
旅はやっぱり一人がいい
ゆれてゆられて
高原列車は走る
皐月の空は雲ひとつなく
やわらかな新緑の向こうに
遠く残雪の山脈《やまなみ》が見える
のんびりと
車窓に凭れながら
右へゆれれば

私の心も右へゆれ
左へかたむけば
私の心も左へかたむく
ああ　こんな狭い島国の
背骨のてっぺんを
さみしい生きもののごとく
高原列車はゆるゆるとすすむ
やがて
浅間の深い空に
一筋のけむりが見える

さて、今宵は
——濁酒濁れる飲みて
　草枕しばし慰む。（藤村）

# Ⅱ

# 愛について
## ――シャンソン風に

ひとは　人を愛しながらも
いつかは別れることを知っている
どんなに愛しあっても
どちらかが先に逝ってしまう
いつの世も　愛はせつなく
いつの世も　愛ははかない

されど
はてしなくもつれあう性《さが》の哀しさ
それでもなお
ひとは人を支えずには生きられない
ほら、よく見るがいい
「人」という文字の愛《いと》しさを。

# テネシーワルツ

♪ラララン　ラララン
ラララ　ララララーン

男と女は
目と目をしっとりうるませ
言葉にならない言葉を交わしながら
夜のふけるのも知らず踊っていた
性《さが》のかなしみに酔いしれて

♪ラララン　ラララン

男と女は
年齢《とし》をすっかり棚上げして
スクリーンの主役のように
同じ曲を
くりかえしくりかえし踊っていた
誰もいない地下のスナックで

♪ララララ　ラララーン……

外界《そと》はきっと
木枯らしが吹き荒れているだろう

# 桜の木の下で

——年老いていく少女に

桜の木の下で
おまえを抱きしめてあげよう
おまえを抱きしめることは
桜を抱きしめることなのだから

桜の木の下で
おまえをきつく抱きしめていると
桜はうっとりとして

はらはらはらと散ってくる
見よ、散ることは美の快感なのだ！
それならおまえも散るがいい
もっときつく抱きしめてあげるから

ああこうして
一晩中おまえを抱きしめていよう
はらはらと桜吹雪をあびながら……

# 万年筆

この万年筆を
贈ってくれたのは
あなただった

ずっしりと重い
極太のペン先で
骨のある
男らしい詩を書いて下さい
と　水色のリボンを結んで

――あれから
何年たったことだろう
この美しいドイツ製の万年筆は
ケースにきっちりと収まったまま
一度も使用されずに眠っている

ああ　この万年筆を
まっすぐな心をこめて
贈ってくれたのはあなただった

なんのなすすべもなく
年老いていくわたくしに……

# おまえに

じっと黙っていても
しんしんと降りしきる雪のように
おまえの哀しみが伝わってくるのだ

まっすぐで
純で、かたくなで
そのくせたちまちこわれてしまう
そんないじらしいおまえが
どこか遠い空の下で

ひっそり暮らしているのかと想うと
なぜかしら胸底が疼くのだ

ああ　あの時から
おまえをなんとなぐさめたらよいのか
すなおにあやまることもできぬまま
風はいたずらに吹き過ぎていったが……

しかし、おまえよ
おれたちはきっとまた
赦しあえる日がやってくるだろう
――ふたりが凛とした裸木のように
すっかり葉を落としてしまった晩秋《とき》には。

# 言葉

あのときは言葉しかなかったのです
おそろしく光った言葉の刃で
めった切りにしてしまいたかったのです

あなたと私の
かたくななわだかまりを
言葉を鋭く研ぎすまし
一刀両断に片付けてしまいたかったのです

なぜそうなったのか
それからどうしたというのか
今の今でも憶いだせないが……

あの時は
言葉しかなかったのです
自他ともに決して許されぬ
必殺の言葉しかなかったのです

# 手袋

地下鉄の改札口を少し過ぎたあたりで
ポケットをさぐってハッと気づいたのだ
右手の手袋を失くしてしまったことを

きっぱりとあきらめて
新しい手袋を買おうと思ったものの
思い出だけは買うことはできまい

さっそく　駅員に尋ねたところ

すぐそこの忘れものコーナーに
保管されているという

ああ　ふとしたすれちがいから
その手袋を贈ってくれた彼女《ひと》とは
五年ほどまえにわかれてしまったが

しかし、手袋だけは
私の右手にもどってきてくれたのだ
思い出だけは買うことはできまいと

# 妹

ねえ、兄さん
たのしく年をとっていきましょうね
と　妹は言うのであった

理不尽の
長いトンネルを駆けぬけてきた妹は
あかるく笑いながら
わたしを励ますように言うのであった

その言の葉の裏には
ひとりの自分にむかって
もっときびしく生きていこうと
言いきかせているかのようであった

ねえ、兄さん
たのしく年をとっていきましょうね
と　妹はやさしく
はずんだ声で言うのであった

# ブランコ

ゆれている
ゆれている

風もなく
誰もゆすってはいないのに
ブランコは
かすかにゆれている

いままさに

沈まんとする夕陽を
そっと乗せて
ブランコは
ゆれるともなくゆれている

あなたと私の
遠い過去のなかで……

# ときめき

いくつになっても
ときめいていたい
としをかさねればこそ
ときめきがほしい

やさしく
はげしく

いちごいちえの
ときめきをしてみたい

あやまちは
あやまちとして

ほろにがくのみほし
いまのいまをときめいていたい

ああ　いくつになっても
ときめきがほしい

じーんとしびれるような
いのちのかなしみのような……

# Ⅲ

# 桜

花ひらく
そのいっ瞬が
あまりにも美しいので
人はあやしい狂気にとりつかれる
まんかいの
花びらをむしゃむしゃと喰らい
そこら中を歩いてみたくなる
だらしなく花汁をたらし
のっしのっしと歩いてみたくなる

そして
降りつもる雪のように
花びらをうずたかくかきあつめ
その上を泥足で
踏みにじってみたくもなる

ほら、見たまえ
桜が風もなく散っているのは
地の底に潜んでいる妖怪が
俺たちを美の狂人に仕立てあげようと
ゆすっているにちがいない！

# 椿

彼女は散るのではない
まっさかさまに落ちるのだ
ひとひらひとひら
思い出すように散るのではなく
ある日とつぜん
真紅におもくもえつきた
そのままのこころで
音もたてず落下していくのだ
じつにあっさりと

首を刎ね
深い夢からさめたように
足元へころがっていくのだ

それは
あまりにもいさぎよい
美に対する清算であった

# たんぽぽ

ふかく息をためこんで
まるめた唇の先から
そっと息を吹きかけると

たんぽぽは
ふあっと手をひろげながら
にぎにぎしく夕空へただよっていく

あの　あるかなきかの

いのちの種を綿毛につつみ
いづこの果てへ流れ去っていくことか

しばらくわたしは
ぽかんと唇をあけたまま
彼らの旅先を追いかけていく

それは　ずうっと
少年の頃から追い続けてきた
はかない夢でもあったかのように……

## 夏のはじめに

あの花の名を
私は知らない

どこか遠い空の果てから
小鳥たちの
こぼしていった種子《いのち》が
なよなよと芽をふきだし
ベランダの片隅に咲いている
あのかれんな花の名を

しかし私は
あえて知ろうとも思わない
朝おそく窓をあければ
ぼんやり疲れた私のこころを
そっと
ゆすっていくあの花の名を

　すずやかに
　かろやかに……

# 鬼百合のうた

今年の春
庭先に鬼百合の球根をひとつ埋めた

夏の入口あたりから
青あおとした茎をぐんぐん延ばし
梅雨の明けはじめた今日
その三本に別れた枝先より
暗紫色の花弁がパックリとひらいた

それも一時《いっとき》にではなく
朝、昼、夕と順序よく咲ききったのだ
まるで　王家に生まれた三姉妹のように
お互いに気高く含羞《はにかみ》ながら
川下から吹き上がってくる風に
ういういしくゆれている
おお　そのかれんさよ
これぞ美神《ミューズ》から生まれた詩だ
その詩を愛でながら
今宵の酒は
さぞや酔いしれてしまうだろう

# 初秋

ちちちちちち
　ちちちちちち……
と　秋はだんだん
ふかまっていくのであった

そのかれんな虫の名を
憶いだそうとしているうちに
わたしもだんだん
秋の深みに吸いこまれていくのであった

やがて　目をさましてみると
その虫は遠い朝の方で鳴いていた
初秋をそっと
引きずっていくかのように

――ち、ち、ち、ち

ああ　秋はまた
いちだんと深まっていくのであろう

# 落葉

それにしても落葉よ
おまえはなんという深い色を
根気よく染めあげてきたことか

おまえがそんなに美しいのは
たぶん、自分というものを
きれいさっぱりと
棄てきったからであろう

おまえは一枚の詩だ
おまえは一瞬の音楽だ

そのおまえも
まもなく旅にでるだろう
さむい冬の路上や野原を
ひたすら漂泊《さまよ》っていくだろう

落葉よ、
なぜか私も急ぐのだ

# 竹

竹は
ガチガチの冬を突き破って
ニョッキニョッキと這いだしてくる

一日に五センチ
半月で一メートル
一ヶ月もすれば一人前のおとなだ

月夜の明るい晩には

節々から古い皮衣を剥ぎ落とし
いよいよ青々とした青年となり

大風が吹こうが
土砂降りだろうが
竹はしなりしなりとゆれている

しかし、竹は
生まれつき真っすぐで
曲がったことが大嫌いなので

それゆえに竹は
どんなにひん曲がった世の中であろうと
真っすぐにしか生きられんのだ

*

# 鶯

ホゥゥ　ホケキョ
ホゥゥ　ホケキョ

朝早くから
鶯はうっとりと啼いているが
あんなに美しい声で啼けたなら
ひとの世もどんなにか楽であろう

うらやみつつ
はかなみつつ

ふと　ふりかえってみれば
いつのまにか古稀の橋を渡っていた

ああ　遠くへ流れていった歳月たちよ
いまさら何をか言わんや

鶯よ、おまえはおまえらしく
気のすむまで啼くがいい

# ぬけがら

飴色に透きとおった
蝉のぬけがらが
青い桐の葉の裏にしがみつき
秋の風にふんわりとゆれている

おまえは暗い地下生活から
やっと這いだし
そのうれしさのあまり
あんなに啼き叫んでいたが

しかしおまえは
七、八日ほどの短かないのちを
けして嘆いたりはすまい

俺たちのだらだらした人生よりも
おまえはもっと激しく、美しく、
炎《も》え尽きていったのだから……

# 巣立ち

小鳥たちが
あんなにも美しく
大空を翔べるのは
巣立ちのとき
母鳥から
嘴で突つかれ
足で追い払われたからだ

子鳥たちが
巣のなかで

どんなに甘えようとも
ガンとして
母鳥は許さなかった

しかたなく
よろよろと翔びたっていく
わが子のうしろ姿を
母鳥は
いつまでも
じっと見送っていた

まんまるの目の縁に
うっすらと
赤い泪をにじませて……

# 蝦蟇《がま》

このぶざまな
絶望のかたまりのような
うすのろい生きものよ
なんの目的《あて》もなく
いたずらに白い腹をふくらませ
ぷるぷると喉をふるわせている旅人よ
おまえは

どこからやってきて
何処へいこうとしているのか

まるで化石のように
じっと動かないでいるが
こんな時代を横切ってはあぶない

さあ　おまえの
はるか太古の闇の方へ
ゆっくりと歩みたまえ

やがて
どこか明るい虚無の河原で
きっとおまえとあえるだろう

# 犬よ

おまえはなんという奴だ
飼主でもない俺に
まるい眸《まなこ》をきんきんとかがやかせ
だらしなく舌をたらして
俺からなにをせびろうというのだ
どんなに俺が晩くなろうと
隣の垣根から首をつきだし
きっと待ちわびているいじらしい奴よ
そのおまえが

冬の日だまりにぼんやりとうずくまり
あの遠く流れていく雲の行方を
ふしぎそうに追いかけていることがある
またある時は
地べたに穴があくほど
何かをじっと見つめていることもある
そんな時の
おまえの視線がたまらなく好きだ

さあ、犬よ
ゆっくりおやすみ
(こらっ!)
おまえだけそんな寂しい顔をするな

# 発情期

おわおわわわわ　うわうわわわわ
くっくくくくっ　おぎゃぎゃぎゃ

昼間は私の処へやってくる
おとなしいおまえたちだが

このまっ暗な闇をひきちぎり
なんという激しい愛の告白であるか

尾っぽをピーンと突っ立てて
噛んで、まるめて、押さえつけて

おわおわわわわ　うわうわわわわ
くっくくくくっ　おぎゃぎゃぎゃぎゃ

じわじわと老いぼれていく我が性に
おまえたちは切ない燈《ひ》をともすのだ

# 鯉のぼり

深ぁい皐月の
目ん玉の溶けそうな青い空で
見よ、彼ら仲良し三人兄弟は
うれしくて
うれしくてたまらなくて
まんまるの唇をぱっくりとひらき
尾っぽをひらひらとからませながら
遠い空の物語を囁きあっているのだ

あの赤や緑や金色に彩られた
　少年たちのにぎやかな夢よ

ああ　おれの鯉のぼりの夢は
故郷の湿った暗い蔵のなかで
ひっそりと横たわっているだろう
あの青い空を
何枚にも折りたたみながら……

# 蚊

うつらうつら夢をみていると
蚊の奴め、かすかな爆音をたておって
わが輩の三半規管をかき乱し
何処かへすうっと消えたとおもいきや

ちゃっかり二の腕にへばりつき
全身をぷるぷると震わせながら
吸うわ、吸うわ、吸うわ
縞模様の尻《けつ》をまっ赤に膨《ふく》張らませて！

（コラッ！）と手をあげたものの
その一途な生きもののいとなみに
うっかり仏心がわいてきて
しかたなく見逃してしまったが

しかし、あの深い闇の方へ
わが輩から抜きとった血をたくわえ
よたよたと飛び去っていく蚊にさえ
なぜか哀切の情を覚えてたまらんのだ

# Ⅳ

# 死の準備

七十の
峠を越したとたん
大腸にポリープができたり
右目が白内障に罹ったり
昨日は昨日で
急性心筋梗塞になりかけたり

これら
老いの贈りものは

ちょっぴり哀しいけれども
なぜかしら
うれしささえこみあげてくるのだ
おお　おまえよ
よくぞここまで
身も心も
だましだまし
生きながらえてきたものだと

さて、
明日からは忙しくなってくるぞ
少しずつ
死の準備が始まるぞ

# 死ぬときは

さて、はっきりと
死ぬことがわかったなら
山にいこう
山の神さまをたずねて
山また山を登っていこう
雪のちらちらふりだす朝
すきな酒と肴を背負って
まっすぐ山にいこう

あの
見晴らしのよい崖の上で
雪をどっさりとかぶりながら
この世の泥臭い記憶が
だんだんだんだん
まっ白になっていくのも
まんざらわるくはあるまい

死ぬときは
なんの不安も恐れもなく
生まれ故郷の土のなかに
里帰りすることなのだ
——からっぽの
まっ白なこころで。

# 死亡欄

新聞をひろげると
死亡欄が気にかかり
若くして亡くなられた人は
私より何歳下であったか
運よく長生きした人は
私より何歳上であったか
と　ぼんやり
かぞえてしまうことがある
それにしても

いのちは天からの贈りもの
とは言うものの
あとグラスに五分の一ほどの
いのちが残っているとしたら
さて、どのように飲みほすべきか
とかなんとか
酒場の片隅で小理屈をならべ
昨夜も晩くまでグラスを玩んだのだ

――もうそろそろ
死亡欄に近づいているのも知らないで。

# ばあさま

ばあさま
そんなに長くはないなあ

鼻に酸素の管を差しこまれ
すやすやと眠っているかのようだが
しかし　蓮の花のような
じつに美しい寝顔だなあ
もうすでに仏さまになったようだ

そっと手をあわせ
そろりそろり帰ろうとすると
「待って！」と身をおこし
しおらしく呼び止めるのである

今年、九十七才。
たったひとりで暮らしながら
いくつになっても
女であることを忘れてはいない

ばあさま
うんと長生きしておくれ

# 死顔

生きていた時には
まともに口をひらくことをためらい
どこか一点を
じっとみつめていた彼女は
突如、すうっと俗界からぬけだし
すでに涅槃の領域にゆったりと横たわっている
いつも自分を責め続けたこころを
さらさらと洗いおとし
まるで天女のように微笑しているかのようだ

さて、ひとは
四苦八苦の橋を渡りきって
こちらをまっすぐ振りむいたとき
かくも生来の美しさを取り戻すものか
けして
幸福とは言えなかった彼女の人生は
やっと七十四年のしばりから解き放たれ
純白の翼をかろやかにひろげて
満天の星のかなたへ飛び立とうとしている
――自分自身の美しい死顔に
うっとりと酔いしれながら……

# 俺は見た

――わが友・石堂秀夫氏（享年七十二）

俺は見た
俺は見てしまったと彼は言った
粉雪のふぶく夜の底で
おふくろの死を見届けながら
俺は見てしまったのだと言った
見てはならぬおふくろの
もっとも暗い秘密の入口を

あのちんまりとちぢんだ

みすぼらしい谷間の奥から
俺は産声をあげたのだと
この親不孝のろくでなしが
おふくろを泣かすために
この世にひょっこり
這いだしてきてしまったのだと

古稀を過ぎた
酒田の貧しいドストエフスキイは
自分を吐き捨てるように
くりかえしくりかえし
俺は見てしまったのだと言った
見てはならぬおふくろの
もっとも暗い秘密の入口を

# 斎場ニテ

——詩人にして演出家、貫恒実氏を偲ぶ（享年五十六）

アレガ死デスカ
アノブアツイ鉄板ノ上ニ
カサカサトバラマカレタ
タッタアレッパカリノ骨ガ？

アレガ、愛ヲ握ッタ手デ
アレガ、雑沓ノ街ヲ彷徨ッタ足デ
アレガ、思イ出ノツマッタ胸デ

アレガ、幸福ヲ夢ミタ頭デ……

ソノ　バラバラノ骨ヲ
近親者ガ二人一組トナッテ
ヒトツヒトツ拾ウノデス
箸ノ尖端ニ哀シミヲ集中シテ！

アア　アレガ死デスカ
アノマッ白ナ骨壷ノナカニ
チンマリト納メラレタ
タッタアレッパカリノ骨ガ……

# アガメムノン

春雷のように
遠く去っていった君よ

いつも君はひとりで
ギリシャ悲劇を演じていたが
はるか紀元前の空に向かって
おおらかな叫びを放ってはいたが

その過去をきっぱりすてて

ふるい文化のかおる西の果てを
君はゆうぜんとさまよっているそうな

生来、ストイックな君は
きびしい自由と孤独を背負い
うつし世を明るく否定しながら
はるか紀元前の森の中へ
まっすぐ歩いて行っただろう

ああ　あれから半世紀
アガメムノンよ
もう現代になどかえってくるな

＊アガメムノン　ギリシャ悲劇三大作家の一人、アイスキュロス作『オレスティア』（三部作）の一篇にでてくる有名な武将。

# ボケの唄

ひとり暮らしも時がたち
まんざら悪くないけれど
入歯や眼鏡をなくしたり
戸締りするのも忘れたり

あれやこれやと思いつつ
行ったり来たり戻ったり
はてさて何をやるべきか
まだらボケのたよりなさ

とおく旅立った人びとを
偲いだしてはみるものの
名まえと顔がちぐはぐで
やたらと煙が目にしみる

どっぷり朝から湯に浸り
うつらうつらと夢みれば
いのちみじかしボケの花
明日は何処《いずこ》へ散るのやら

# 遺言

いつ逝ってもいいように
手紙や写真などを整理していると
なすこともなく生きてきた私にさえ
こんなにもたくさん
いい人たちにとり囲まれてきたのかと
胸底にあたたかな雫が落ちてくるのです

ですから
私もいい人のように想われたくて

少しでも余裕《ひま》さえあれば
身のまわりの塵を払い
部屋中に野の花をかざし
ああああおとした風を通しているのです

というのも
わけもわからずバッタリ倒れ
やっと誰かに見つけられたとき
あいつはたったひとりで
こんなにきれいな暮らしをしていたのかと
ちょっぴりほめてもらいたくて……

# あとがき

よもや、大阪から詩集を上梓しようなどとは夢にも想わなかった。たまたま帰阪された詩人の吉田定一氏とは昔からの知りあいで、八年ほど前、彼を中心に同人誌でもやろうかということになり、「伽羅」という書誌名を付けて年二回（春・秋）発行し続けてきた。

この同人誌はなんでもありきで、詩、評論、エッセイ、童話、新作落語、小説等々盛りだくさんである。私は詩だけしか発表してこなかったが、そのつど四、五篇ぐらい書いてきただけで、もう七十篇ちかく溜まってきた。その間、何人もの仲間たちが出版にこぎつけ、吉田氏からは、今度はおまえの番だと言わんばかりになんどか背中を押された。

そこで、竹林館の左子真由美さんから、懇切丁寧なご指導をいただき、私としては十三年ぶりに第三詩集として『裸木のように』というタイトルで上梓するに至った次第である。しかも、その骨太いタイトルの名付親は、竹林館の代表であり詩人の左子真由美さんなのである。あげくに帯文までもお願いしてしまったのだ。
そういう恩恵に浴しながら、果たして私の単純《ストレート》にして凡庸なる詩が、読者の皆さんの心の中に届くかどうか、である。只、どなたにもわかりやすい詩を書くには、どこを、どのように削って削って削ればよいのか、そして、その詩の底辺にはきちっと普遍性が宿っているのか、ということだけは真剣に問いながら書いてきたつもりである。と言いつつも、未だに一篇たりとも満悦した詩ができたためしがない。恐らくどんな詩人にとっても、詩とはなにか、とは永遠の課題であろう。――人間は何処《いずこ》からやってきて何処へいくのか――と同じように。

ここにあらためて同人誌「伽羅」の仲間たち、そして、何よりも左子さんを中心に労を惜しまない竹林館の皆さんに心から御礼を申しあげます。

二〇一七年　早春　　多摩川のほとりにて

大瀧　満

大瀧　満（おおたき　みつる）

1942年福島県塙町生まれ。
文芸誌「伽羅」同人／総合詩誌「PO」会員

既刊詩集　『ルフラン』（1987年　花神社）
　　　　　『ひとりぐらし』（2004年　花神社）

住所　〒198-0046　東京都青梅市日向和田2-289-2

詩集　裸木のように

2017年3月5日　第1刷発行
著　者　大瀧　満
発行人　左子真由美
発行所　㈱竹林館
〒530-0044　大阪市北区東天満2-9-4　千代田ビル東館7階FG
Tel　06-4801-6111　Fax　06-4801-6112
郵便振替　00980-9-44593
URL http://www.chikurinkan.co.jp
印　刷　㈱国際印刷出版研究所
〒551-0002　大阪市大正区三軒家東3-11-34
製　本　免手製本株式会社
〒536-0023　大阪市城東区東中浜4-3-20


ISBN978-4-86000-354-8　C0092